詩集

添削者の憂鬱

岩崎 昇一

砂子屋書房

＊目次

装本・倉本　修

詩集　添削者の憂鬱

隠亡

蒸し暑い日でしたねと父の葬儀の
隠亡を務めたという未知の老人の
挨拶をうけた　その翌朝
食卓にならんだ家族は味覚を失い
口ぐちにするスープの皿をお互い
確かめ合う　その夕刻家族は
深い悲しみに襲われ
古井戸を覗き込んだところ
そこに冬眠するヤモリを
見つけた　しばらくは

平穏なくらしが続いた
そろそろ花粉症だねと噂される頃
この辺りに恩師の墓があるという
植木職人が訪ねてきたが結局それは
同じ褶曲線状上の隣町の勘違い
と判明して一件落着する　その笑い話の
団欒で　突風のように家族は聴覚を失い
いつかおお声でどなり合いの喧嘩を始める
怒りは無理解を貫いて殴り合いとなり果てる
暴力をかかえこんだ疲労の皆が寝込んだのは
雛祭りの飾り付けの済んだころだ
ようやく梅花が咲き綻びかける
その一週間後の残り雪の縁側には
変わらぬ慈しみの日向が訪れる
傷ついたたがいの肌をさすりあい

頬にくちびるをかさね　腰を腕に
引きいれて蕩けた
それもつかの間　妹が階段で転ぶ
弟が廊下でゆくえ不明になる
妻がバランスを失って側溝に落ちる
何かの因縁か　漆黒の奥座敷に
窓辺の光を見失って寄り添った
因果は誰もなにも唱えない
なお生者の側に生きている

受苦

迂回しても
遅延しても終盤にいたらないのは
完璧をめざさない流儀があるからと悟り
姉はかねてからの不満の多い男と駆け落ちした
その男のひろげた求婚の腕に応じたのである
しばらく瑕疵に忘却を決め込んで
愛想もよろしく父祖たちの遺影の前で柔かに笑い
とうとう家族に一葉の挨拶もなく籍も入れたらしい
（新婚という入り込んだ地平線が単独者を脱臼させる）
姉の二枚舌の性癖を悪化させたのはいうまでもない。

来客の度に踏み込み畳の重みに
均衡をなくしてお盆を投げすてる姉の暴虐が
ついにあちらでも露見してしまう

許しても
容認しても受苦の了解にいたらない
それが姉という人の愛の迂回路であるが
新築の青臭い亭主には容易に呑み込めない
無礼をそのまま受け入れてくれる大らかさが
（あなたにはないわね　みそこなったわと）
姉は出奔するよりも先に実家に返品されてしまう
もとより我が家には姉などというものはおらず
悲しみも驚きも井戸のように釣瓶を垂らしている
姉の不在にふがいなくも　怒りをぶちまけるが
収まらない鎌首のような目を振り回して男は

逃げた姉のかわりに長年前栽に植えられてある
二つの葡萄の棚のうちひとつを担いで
遁走してしまう　家族は残された
葡萄を姉のように愛でていまに至る
実はまだみのらない

予感

小人たちの到来をまつ
居座ることの過酷さに
だれもがまだ気づいていない
（死んだコガネムシ）
背に鰭をもつ　語り手に寄り添い
蟻の行列をつぶして　やってくる
邪悪なものたち
やがて取りこまれる　こちらが
あちらにあちらがこちらに
たがいの名を呼び
弦のように立ちあがる

同胞を隔てる
灯籠をつなげる道

いたずらな　言葉をつつしむ
またれている時　いまはまだ
だれにも苛まれていない
そうしたり顔にうそぶくのは
みえるものしか知らない
あんのんの露台にいるから
ほそい葉脈をつたわる
いのちの訪れの予感に
むしばまれる

棄ておかれた

木片で火をおこす
そこここに散らばる魚の骨
もう奏でもしない貝柱
陶器の顔をいつくしむ

（コガネムシのミイラ）
笑いかけようとして留まる
剝片のような羞恥の舌
空しくも張り詰めている
忘却の弦が
途切れるまでのつかの間
溜め置こうとしてなお
決壊までのひと呼吸をのむ

（そのコガネムシは骨折）

ついに和解を知らない

小人たちの行列が突堤にならび
無根拠の居所を隠していさめあう
いつも邪悪なものの記憶が
あたらしい命の
訪れを導きいれる
いさかいの旗となりはてるのだ
その泥土の水脈から
ふたたび呼び継がれる
異教の語り手たちがあらわれる
かれらは虚偽の来歴を焚き
時みちふたたび
蕗のような拳を握りしめて
たちつくす

干柿

しばらくはあたためる
（と、言い訳にして）
なにとはなく
あらあらのままにして忘れる
それも壊れ　あれも戯れ
公孫樹の黄の落葉のように
とどめようもなく逝く
過ぎ去っていく者のすね毛も
吹かない　剃らない
目前を掠めていく獲物にのみ

ながし眼にみとれて
いまはこの膚色の虜になる
呼気のかすれ声を
股間にたちあげては果てる
他は汲みとることなく捨ておく
ふたたびすると
踏みしだいた瓦の音に潜む
棘のやからがぱちぱちめざめるが
それは　遅れて来たものの
すくいなき気の毒と定めて
根なき先々の祠へと
秋の日めくりを繰る
いつまでひきのばされた歳月は
あらぬ方から
やってくる猪に出あう

干物のような零落の楽しさだから
いまは不揃いなふぐりと
肝を　軒につるして
遠くながめおく

添削者の憂鬱

時節おくれの依頼にも
ふきげんな顔ひとつせず
行間の路草に遊び
それなりの蛇行の試みを
一旦は
褒めちぎりもする
やがて
歩みの方途をいさめ
筋の悪い枝ぶりをなじる
ついには　改稿へと

初学者を追いつめ
いわれなき魂のありかを
まさぐる

猥褻な手つきは
師匠のそれと酷似して
容易に
核心をつかない
（そんなものあったためしもなく）
浅瀬の雑魚とたわむれて
河岸でぬれた袖をかわかすのも
つかの間　ひるがえって背景の
根拠を揺さぶる

ふいにほっこりと

地下茎をほりあてては
畝へと移行する　いずれ
そこから芽を出したところで
ふたたび剪定する
あてどない
邪心にみちた道行きに
泣くものがいたとしても
この畦道をこえて触れることはない
あくまで
逸脱の愛をかたどる

真実を語ったところで　むろん
（かたるに落ちる）
さしちがいの告白は
独り立ちを期して中吊りになる

踏み台にされても　忌避されても
それでよしとする
措辞こそあらためるが
そだてない　理解しない
導かない　行間には
側溝のような朱の澱をとどめて
どこまでも
快活な傍観者として去る

夏草の庭

夏草をむしる手をやすめて
前栽にひろがる　除草の痕跡をみる
みずからの嗜好に根づいた草の芽を
摘みきることは容易なことではない

萌えることも　刈ることも
命のいとなみそのもののように
我が家の庭を舞台に反復される
穏和な野戦のようだ

屋根に降った雨水をも
庭の小径に流れこむようはからい
陽光をふんだんに取り入れた
南向きの花壇は
この季節虫たちの楽園となる

開いた両掌の血管のような
自然の合奏の中に息を潜める
休息の溝　安寧の露台にも
釣草の触手はからまり
ちいさな羽虫を呼び寄せる

亡き母まで　おぼつかない
足取りでここに来て　踊るように
両手を広げて

緑の中に深く呼吸する

死に依存するものは　一方で
自らを救いださねば
その想念を育むことができない
命の謳歌の中で　病者の眼は
一瞬あり処をみうしなう

荊の道——漢詩文ふうに、宮岡を送る

ひとは死に向けて年をとる
伽藍によらず　擬制によらず
ただそのことを語ろうとして
ホツホツと詩を書きつづる
営みに今日をあずける——

その道にまっすぐ至ろうと
遠ざかる　迂回する
既に　いつわりの寄り道に
片足をすべらせているのを

悔いにも　笑いにもしてあゆむ

道草こそを慈しむ身は
荊の道などの言葉を避けたい
その含意するナルシスの穂を
寧ろ若き衒いのしぐさとして
雀るのも　いらぬ作為ゆえに
ただ為すにまかせる

いたるところに草花咲く
好ましからぬ人物にも遭遇する
ままならぬ事も受けて難儀する
うち棄てるが先か逝くが近いか
今の道　いつ果てるか知らず

先見の明は　たいくつ
暁に見た遁走の夢に焦がれて
ふいの南への旅立ちにそなえる
癒せぬきみの身の渇望ゆえに
それも　また幸いなるかな

通行人

だれかに強いられたわけでもなく
かといって
自ら選択したものでもない

あなたの唯一性において引き受けている
立ち止まり　出会いのおきてに従う

棄て置かれた杭と立ちはだかるのか
いま救わなければ
息絶えてしまう同胞たちのあえぎに

身を添わせてあゆむ
(ほかにしかたなく)

疲れているのですね
(いいえ憑かれているのです)
だれもが気づいているのです
だれもが通りすぎていくのです
(いつかのあなたのように)

無縁のものも
親密のものも
あなたからの告発であることを
忘れてしまっている
石の側溝は
立ち止まることを由としないから

そこに落ちた悔恨に　手をさし向ける
手をつないで路地までいっしょに駆け抜ける
そんな間隙をつなぐ　あなたは
知らぬ間に　たったひとりで
責められている

あなたは
疲れているのですね
（いいえ憑かれているのです）

困惑

困惑をください
蛤の殻を捧げます
そうくりかえし謡いながら
貝殻をこすり鳴らして
練り歩いてくる群れがある
のがれ難く脇道に逸れると
此方の露地裏からも
埒の明かない鍵穴を探している
老夫婦が手探りで歩いてくる
行って背負いにかかるが

手を貸さないでくれ　助けを
受け入れるとせっかくの自尊が
卵のように割れてしまうから
（贖われない杭を打ち込み）
頑固な腕を振り上げてくる
水たまりを飛びのいて逃れるが
水たまりは底知れぬ神の泥水で
鯉の腹を呑みこんでは鎮まる
その土手の松の小道を一列に
困惑の蟻の群れは近づいてくる
港湾に溢れた悲しみを忘れる
なんてありえない鉛の吐息よ
濡れそぼつ窮乏の旗を振り
畑に引き返す方途もなく
見知らぬ風体を装うがやはり

視線がむきあう首のない男の
後ろから叢祠のような土砂が
襲いかかる　（孫を待って
いるのです　遊びにいって……）
家族を捜している　そんな
なじみ深い皺の顔が交錯する
午睡の光景が瞬時に凍りつく
あたりまえの絆が途切れる
岐路に紙一重のところで
取り返しのつかない陰惨が
迫ってくる　困惑をください
とにかく丘をめざしていこう
恨みも涙も涸れて逃れこむ
（何が防波堤だよ）小屋で
人のいとなみの忘れがたき

無力さを家族とともに堅く
噛みしめて蛤を食べた夜が
いやでもやってくる
困惑をください

望　郷

虫けらのように扱うものは
虫けらのように扱われる
その恐怖がかれらの背中を
萎びた小豆のように丸くさせる

柔和な蔑みの陰で
仕分けられた人の恨みが残る
商人の打算が蔓のように
呼吸器をはいのぼるのだ

鼻孔を抜けて　いまでは
偽ユリが満面に咲く
巧みに仕事をこなし
巧みに令色の懐を貯えた

だれもかれらを笑わない
笑わない者は互いに赦されない
まるで喝采の幕間を飾る
ピエロの絞殺のようだ

坦々と砂漠の芸風を磨く
観客がその技を見限るまで
虫けらのように使うものは
虫けらのように使われる

その同胞たちの汗は報われない
和解への徒労は
冷血の歓びに固まる

幼年の河川敷にふたたび
草の風光が吹くこともない
朝焼けがかれらの心臓を抉り
畦道のような泥の悔いを包む

閑話

秋の招待客を
置き去りにして亭主は出奔した
とびきりの生菓子を添えながら
茶を立てずに戸をたて切った
因業な亭主と非難されても
どうせ後の祭りと高らかに笑い
遁走の高下駄の鼻緒も赤く……
さて残された弟子たちは慌てて
次席の茶会記を勘定に入れての
袱紗包に身を隠してみたと

いったん洒落てはみたものの
苦しい言い訳は禁物　茶を濁す
でも気難しさでここまで歩む
棄てばちとまでは言い切れない
そう言えば先の新年の挨拶で
とにかくは時を稼ぐだけの……
時節をもわきまえない不吉な
予告をしていたとの噂もある
水屋の引き戸を固くしめて
亭主の不倫は隠し通せるか
切花と軸とを差し違えた
不手際や炉縁の拭き方にも
ぬぐえぬ孤児の性癖がある
加えて　詐称の来歴は
行く先々に罠をかまえる

案山子の足を刈り取るまで
朝露と秋草を束ねた放蕩に
残余の命を継いでまわったが
弁明の弟子たちの奔走も
畳のへりでやがて尽きるだろう
定刻の正客は痺れを切らし
膝を崩して　菓子二つ
素早く口に投げこむ

夜風

朝焼けに脱臼する
あんなにも意気込んで　励ましにも
つつまれた繭玉だった
おくれをとってしまった
再起をかけるのはあきらめよう
丘と友はずんずん前に進んでいくし
ますます朝顔のなさけなさに萎縮する
もう取り返しはきかない
うつむいて鼻をかむ　このまま
まんじゅうの怠慢を決めこんだ

カミソリでうっすら耳たぶを切りつけてみた
おそい朝食で　冷えたミルクを
のんだ　ピーナッツバターは干からびているのが
結構おいしいと知った
今日の試合に行くのをやめよう
それからソファーでは愛しいサラと戯れた
なにもせずに棚にぶらさがり　熟れることを疑わない
ちいさなキウイフルーツを噛んだ　お腹をさらして
サラの無心でいられる
愛撫をうらやんだ　読みかけのピカレスクをよみ
母との約束である流し場を洗った
それから　ずっと思い立っていた電話をオフにする
午後にはふるいビディオで慰められた
どうしていままで無断でいられたのか
休みの連絡もせずにひえた魂をかいならしている

きっと痛いしっぺ返しを受ける
それなのに笑顔を絶やさない
夕方にはうとうと　ここちよく
ふかい井戸の眠りに落ちた
……むざんな試合にまけて引き揚げてくる
すっかりしょげた仲間たちに突堤で取り囲まれている
悪意の慰みもののように
無表情に立ちつくしていると
逆に紙屑のように見すてられてしまう
挨拶もなく脇をすぎていく
ぶつかって肩をつよくこづくのもいた……
夢からこぼれおちても　ひとり向かう
公園のベンチの夜風が冷たい

サラ

しつけに背いて叱ると
萎縮するのであまりの哀れさに
手招いて胸の上でたわむれる　すると
すぐにもうちとけて甘え返してくる
サラのようなあどけない逞しさは
棘のような人間社会の流儀にはない

サラを拾いあげて暮らしはじめてから
生きるためには前に進む　前を見つめる
幾つかの澱を廃屋にためて忘却の櫓とする

そこをくぐり抜けてすたすたと先に向かう
おなじような過失をかさねても頓着しない
そうやって生きていいのだと教えられた

公園の門扉のかげに捨てられていた
サラの人生哲学はそもそも捨て身の
ダンボール箱から数えあげられ
与えられるものを甘んじて
拝領することから始まって今日に至る
守るべきものも放棄するものもない
はかなくも強靱な敗けの知恵に包まれる

それまではおめおめとつらい
他人の荷物をつみあげては壊すような
疲労困憊のたましいを慰めてやまない

不思議なことに懐かしい親族の嗅覚で
寄り添ってくるのだ　それにしても

けものの体臭がきずなをふかめ
唸りのなかに哀愁の徴を読むことなど
むろんサラの関与するはずのものではない
ただ種にも言葉にもかかわりなく触れ合い
ともにいま生きてあるのだという哲理の
小路をけさもサラと散歩する

星占い

いつも寄り添って生きながら
あらぬ方にいさかいの卵をいだき
日々の営みの理由のない陥穽におちる
もう随分昔のことだ　新小岩駅のホームで
ふたりの大柄な男の殴りあいに遭遇した
憎しみをこめて肉をたたき合う鈍い音と
獣の唸る怒号で　あたりの空気は
殺伐として凍りついていた　だれか
やめさせてと慄く中年の女性の叫びが
むきだしの殺気にするどく絡み合って

昼間のひとごみをつかのま寸断させる
どんな行き懸りが二人を駆動させたのか
憎しみはあいての命を奪うほどに
鋭く研ぎ澄まされて匕首のひと突きに
突如変貌することがある　仲裁者は
決着がつく処まで見届けるほかない
きみには何もすることができない
今日最も不運のひとは　おとめ座の人
まつ毛の長い婦人が運気を変える
だれもが何処かで一人深手を負いながら
だれもが傍観者でいることを強いられる
擦りガラスのような怠慢と悲しみが
まだ掘りおこされていない日常の
だれひとり起きて来ないかもしれない
食卓に新鮮な果物のように並んでいる

きみは毎朝　かかさず星座占いを聴き
知られた町の侮れない仕事に急いて
オフィスの片隅にたどり着く

伝令の夏

Ⅰ

窓から洗濯竿を突きだして
ゆがんでいる世間を計測するが
ゆがんでいるのは自分の方であると
悟った晩　妹からの嬌声のような電話が届く
こんな時妹は間違いなく救済をもとめている
高齢の姑の介護と育児との狭間に首をくくり
血と土地へのあざやかな殉教を遂げた
優しさの権化の夫への愛に生きるべく
世間智のカウンセラーとして地元に

根をはる覚悟を決めてはいたが
異郷の沼地の鱗が　妹の寝息に
誘いの囁きを夜ごとくりかえす

Ⅱ

擦りきれていく掌を頬にあてる
包まれて咽喉仏がかすれた悲鳴をあげている
けれども滞りなく　その日の幕はおろされる
徒に危機を振りまいて　いまはうっすらと
充実の笑みさえ浮かべ　他人の不幸を
冷笑するだけの世人となり果てた兄は
いかにも満足げに妹の里帰りを
待ち庭木の海棠の枝ぶりを愛でるが
実家に帰ろうとする　その途次で

虚ろな愛犬の目ではたと気づく

Ⅲ

裏切りは自らの出自に出会うために
逆さまに繰りだされた　もう一つの旅路
そこで　究極のはじまりを演じるために
砂に埋もれた餓鬼たちを目覚めさせる
実家では豆をふやかして豆腐をつくり
それから　油揚げをお稲荷さん用に
さばくために雇われた円陣の人達が
土間に集い　つぎの仕事の指示を
泥の壺のように待ち受けている
ここでは何もうまれない育たない
すべてが豊かさにすかされて惑い

繁栄の不毛へと甘美に誘うものだ
露地の南天が赤い警戒を実らせる
妹よ　他家に嫁いで新生を果たせ

Ⅳ

こんな処に帰還してはいけないよ
悟ったならすかさず嫁ぎ先にもどり
擦りきれた生活に立ち返りながらも
蠟燭のような希望の物語を紡ぐのが
一途な妹の運命なのだといずれ知る
それは我らの直系がすべて絶えた後の
あらたな希望の始まりになるに違いない
あわただしく生き抜くために削がれた家の
汚水は雨水のように樋をつたわって流れ去る

その流れを冷徹に見極めて　庭木の繁茂する
母屋に控え兄はこの夏の終わりに消滅する
そこでも信じる　妹の育んだ子供たちが
小さな団欒を紡いで生き延び　いつか
心貧しく逝った伯父の無言で託した
伝令を新緑の雫のように　その掌に
受けとめる場が必ずやってくる

騙る母

晩年の母が言うのは
恨みの井戸をくみ上げるような幼少期の困惑と
貧しさの釣瓶を投げ落とすような侮蔑の坂道を
手ぶらでかけおりた想い出ばかりだ
とりわけすぐ上の脳膜炎を患った
姉の話は（何年も演じられたおはこの出し物らしく）
解いてはつむがれた毛糸のように脂臭い

失意の娘をそだてることになった
無辜の両親や家族への

憐憫と悲哀をひとしきり語った後
名前も書けない姉の行く末を子ども心に
案じて眠れぬ夜々を過ごしたやるせなさを滾らせる

あるときは　その姉を庇って
小馬鹿にして通り過ぎる近所の子供どもを
家まで追いかけてその親にまで詰め寄り
非道をなじったり蹴散らしたりした
武勇伝までもがいまも肉感を込めて語られる

そういうときの母の眼は尖り
眼前の小動物をいとめる
猫のようにいささか粗野な野生味をおびる
空腹で獲物を食い尽くすわけではなく
満ちながら引き返そうともしない

嬲り殺すような邪悪さがはしるが
幼くして我が身が知らずに受けた底知れぬ仕打ちへの
返礼を果たすようで戸惑いがない

そうした負債への妄執が
冬軒につるした渋柿のような忘却の変貌をとげて
病の床にあまい菓子の愛おしさで迎えられる日の
来ることを　こころから願う

予見

炉ぶちに臨まなければ
剝落する〈場〉の内側を
掃き清めて炭を継ぐ手が
かすかにふるえているのを
見つけることはできなかった
その晩夢の篝火に急かされて
なかなか寝付かれないまま
宗匠の消息を判読していると
ふとした墨の欠字から　近く
お迎えのあることを予見する

翌朝
それが現前する形で露見する
はずもなく　素知らぬふりで
午後の日差しの労苦を過ぎ
夕涼みの近隣の一連が帰って
行っても　疑念は晴れない
とりとめもない夜の帳の
降りる頃になってようやく
忘れたような気持ちに寛いで
いると門の解ける音がする
日取りをさだめる伝令と
宗匠の訃報が届いた

身支度もつかの間

真っ先に浮かんだのは
稽古場の床の間の違い棚に
置き忘れた伝来天目のこと
鈍い黒光りの茶だまりに
濃い茶をとろりと隠し
欲情の箆目がうきあがる
（あれが盗みを掻きたてる）
通夜の立ち番の役目をさぼり
（漆の艶も　寝静まった頃）
水屋に土足を踏み入れる

その瞬間　あたりにぱっと
明かりが目くらましに灯る
そこに　社中の皆が居並び
それみたことかと咎め　互いの

肩を叩き合い此方の卑しさを
見透かしたように笑い転げる
幼少の頃より小銭をかすめ
近隣の鳩を盗みとっても
きつく諫められもしないで
あんのんに守られて生きてきた
これが実は薄情な本性なのだと
悪たれひらき直ってみせる
不快な夢の続きを紡ぐ

騙る女

日曜の夕刻になると縁側から訪れて
居間にいすわりつづける
老婦人がいる
叔父の有能な部下だったというが
本当を知るものは鬼籍に入ったから
だれにも身元確認の方途がみえない
それにしても
面識のないはずの母が
うまく話の辻褄をあわせて受け答えする
晴れの丘では交わらなくても

きっと何処かで同じ風に吹かれて
淋しい田畑の道を歩んだことがあるのだろう
おたがいの身の上話の
根をたどり　掘りおこしては談笑する
それなりの代償を人生の路傍にしはらい
背びれを研いで　ここまで泳ぎついた
同じ歳のふたりの仲だから
交わることなく呼応する痛覚に誘われ
白壁にむかって遺恨を落書きしている
老婦人のながく美しい指先が
繭をつむぎだす
饒舌の糸がふたりを包み
安堵のような　諦めのような
つきない懐古の赦しが唇を赤く濡らす
施設ではけっして見せない

生真面目さでところどころに
（かれこれ一世紀近くも生息する）
この町の衰亡の
絵巻をちりばめて母は優しく嘆息してみせる
ものがたりに相槌を打つのにも
失念のきわみで　いま瞑想の途上にある
老婦人の眦に疲労の色が
差し始めるころ
祇園祭の先祓いの一行が
ほうずき提灯を街路にともしてまわり
あやしく囲いこむ　すると
水のまかれた廃屋の露地の辺りから
陰画の子供たちがひょいひょいっとあらわれ
祭囃しを踊っては　消えていく

微笑

死の物語にとりつかれたものは
自らを延命させねばならない
死の物語といい　物語の死といい
他人の死を汲みだしては肥えていく
それは　時にとても辛い儀式なので
いつも微笑を浮かべてやり過ごす
石の地蔵に似る

芽吹きのあいさつと
幾許かの甘露さえあれば数日は

生きていけると　覚悟を決めて
樹木の悟りを得たという故人に会う
瀬戸際を泳いでいるのだろうか
死の厠からも生の縁側からも
絶縁状をつきつけられたという
ヤギの髭を生やしている

昔から地蔵と
ヤギは仲良しなのだと偽書にある
生死の審判からともに見棄てられ
弾きだされても自分の保塁を死守する
ヤギは貪欲であるが地蔵は柔和である
耐えられるのか　野晒しにも積雪にも
ヤギの乳は濃厚だが地蔵の賽銭は乏しい

近隣の人々をこそ
和やかに受容する
倅の死を悔悟し　父母に献身の介護を
演出する戯作者は　自らを延命させる
その使命感の疼くうちは
死の物語の変奏に渇く
庭の草花を手向け水を替え庭を清めて
額縁にいつも笑みを浮かべて
絶やさない

蟬の子

庭の柿の木に登り
遠く放たれた鳩の帰巣を待ちわびる
風光の日々を失い　雨の日の露地で
傘もささずに泥遊びにふける幼年の夢遊びも
白日に晒されて消えた　親戚の文恵ちゃんも
森川のエミちゃんも滑り台の上で頬寄せた清美ちゃんも
紙芝居の切れ端のように　夏休みの炎天に色あせた

今は暗渠のクボタ川の土手で足を滑らせ
うつぶせのまま流されていく弟をすかさず飛びこんで

助けてくれた島のひろしちゃん　あの時はありがとう……

思いつくままに記さなくては存在しない光景を
掬いあげ数えあげ　母の繰りごとのようにとりとめなく
失われていくことのみつづられたタピストリーを織る

その絵柄の窓辺に寄り添い
降る雨風の通り過ぎて行く光景を黙って眺めつづける
後ろ向きの目撃者がいる

だれがわすれず描きいれたものか
亜麻色の髪と　爽やかな香水をただよわせてほほ笑み
あるいは冷やかな目でくだらないと呟いては舌打ちする
あなたはだれと問うたところで　ちょうど
明け方柿の木にのぼりはじめた　まだうす緑の羽根の

蟬の子が背の殻をやぶって暗緑の頭をみせ　やがて歩きだし
ゆっくり最後の枝先にぶらさがる

その神々しくも儚いあゆみに
朝露もしばしとどまるが　一瞬身をふるわせて後
蟬の子は颯爽と飛びたって振りかえりもしない

詩集　添削者の憂鬱

二〇一六年一月九日初版発行

著　者　岩崎昇一
東京都武蔵野市八幡町三―五―九―三〇一（〒一八〇―〇〇一一）

発行者　田村雅之
発行所　砂子屋書房
東京都千代田区内神田三―四―七（〒一〇一―〇〇四七）
電話〇三―三二五六―四七〇八　振替〇〇一三〇―二―九七六三一
URL http://www.sunagoya.com

組　版　はあどわあく
印　刷　長野印刷商工株式会社
製　本　渋谷文泉閣